Mes petites énigmes

POUR TOUS
à partir de 10 ans

énigmes spécial FOOT

Auteur
Pascalyves Souder

Illustratrice
Anne-Gaëlle Poirier

hachette
ÉDUCATION

Conception et réalisation de la maquette de couverture : Hung Ho Thanh
Mise en pages : Médiamax

ISBN : 978-2-01-714815-9
www.parascolaire.hachette-education.com

Achevé d'imprimer en Mars 2022 en Roumanie par Rotolito Romania
Dépôt légal : Avril 2022 - Édition 01 - 15/2415/2

Sommaire

Calcul

Logique

Le nombre d'étoiles correspond au niveau de difficulté des énigmes.

Observation

Quiz

Solutions

Drôle d'entraîneur... ★

« Pour respecter des schémas de jeux, il faut savoir rythmer les mouvements et donc compter ! », répète le coach aux joueuses. Alors, il les entraîne en leur faisant faire des calculs avec les numéros de leurs maillots.
Certaines joueuses portent le même numéro de dossard, pour déstabiliser l'adversaire.

1. Regroupez deux par deux les joueuses afin que les cinq totaux de leurs numéros donnent toutes les valeurs de 5 à 9.

2. Quel est le numéro du maillot qui va rester seul ?

La circulation de la balle ★

Un footballeur s'entraîne à faire circuler la balle rapidement pour que l'adversaire ne mette pas le pied dessus. Une partie du terrain a été divisée en seize cases. Quelques cônes numérotés ont été placés. Le footballeur doit partir du cône numéro 1 et se déplacer de case en case, horizontalement ou verticalement mais jamais en diagonale, pour atteindre le cône 16.

Retrouvez les numéros manquants pour tracer le parcours de ce footballeur.

Bien chaussés ! ★

Éliminez trois chaussures de foot et, sans modifier l'ordre des autres, **trouvez** un mot de cinq lettres en rapport avec le football.

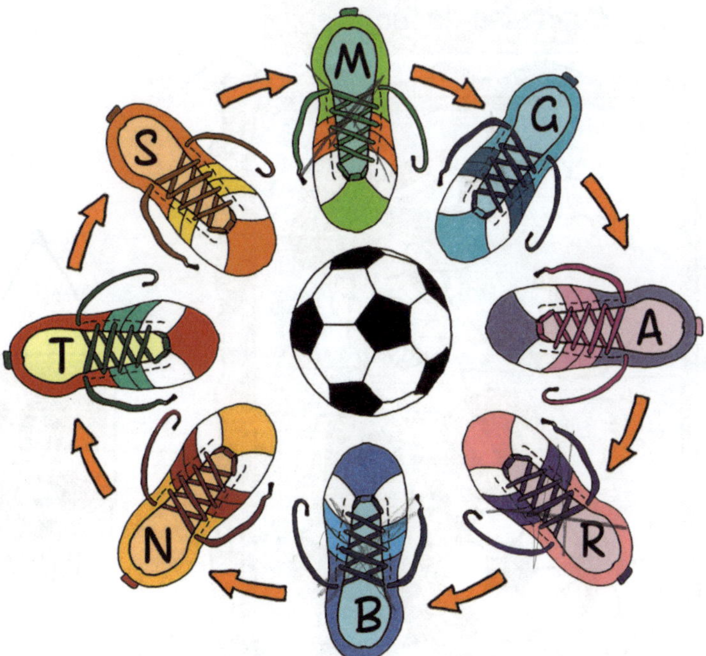

L'âge du capitaine ★★★

La moyenne des âges de notre équipe de foot de 11 joueurs est 22 ans. Notre capitaine vient de se blesser et sort sans être remplacé. La moyenne des âges de ceux qui restent tombe à 21 ans.

Quel est l'âge du capitaine blessé ?

Les chaussettes ★

Tous les joueurs de l'équipe ont lavé leurs chaussettes.

Reconstituez les paires pour trouver la chaussette qui est seule.

Schéma tactique ★

6 joueurs notés A, B, C, D, E et F effectuent un mouvement tactique. Ils se déplacent en suivant les traits horizontaux ou verticaux. De plus, la distance entre 2 joueurs, symbolisée par ces traits, doit toujours être la même.

Placez les 6 joueurs A, B, C, D, E, F sur les cases les plus foncées en vous basant sur ces indications de distance entre les couples de joueurs : AC < BC < CE < AD < DE.

C'est peut-être le plus vieux... ★★

L'un des plus anciens clubs français est le Havre Athletic Club (HAC). Voici un carré magique qui vous révèlera l'âge que ce club avait en 2022 en calculant la somme de chacune des lignes, des colonnes ou des deux diagonales (c'est toujours la même). Le carré contient déjà certains nombres ; voici ceux qui restent à placer :

23, 25, 28, 30, 31, 38, 40, 41, 42.

Complétez le carré magique, **donnez** l'âge du club du Havre en 2022 et **retrouvez** l'année de sa création.

34		18		32
	22	24		33
21			37	39
27	29	36		20
	35		19	26

Les jumelles ★★

Douze footballeuses apparaissent en double.

Qui est la treizième ?

Coupes du monde ★★★

1. Parmi les pays suivants, quels sont ceux qui n'ont jamais organisé de Coupe du monde de football, féminine ou masculine ?

a. La Norvège.
b. La Suisse.
c. Le Venezuela
d. L'Uruguay.
e. L'Afrique du Sud.
f. La Chine.

2. La Coupe du monde masculine de football a eu lieu pour la première fois en 1930. Mais quelle est la date de la première édition officielle de la Coupe du monde féminine de football ?

a. 1981. **b.** 1991. **c.** 2001.

3. Quel pays détient le record avec cinq Coupes du monde (masculines) de football gagnées ?

a. L'Italie. **b.** L'Allemagne. **c.** Le Brésil.

4. Quel est le premier pays asiatique à avoir remporté une Coupe du monde (féminine) de football ?

a. La Chine. **b.** Le Japon. **c.** La Corée du Sud.

5. Quel est le record de buts marqués (sans tirs au but) lors d'une finale de Coupe du monde (masculine) de football ?

a. 5 buts. **b.** 6 buts. **c.** 7 buts.

6. À combien de reprises la France a-t-elle été choisie comme pays organisateur de la Coupe du monde de football ?

a. 2 fois. **b.** 3 fois. **c.** 4 fois.

Terrain en morceaux ★★

Ce terrain de football est en morceaux !

Saurez-vous le reconstituer en replaçant les morceaux ci-dessous de haut en bas et de gauche à droite ?

Les poignées de main ★★★

Une équipe de football est constituée de onze joueurs et de cinq remplaçants. Avant chaque match, tous les membres de l'équipe ont l'habitude de se serrer la main.

Combien de poignées de main sont alors échangées ?
Entourez la bonne réponse.

256   240   116   121   120

Goal-average ★★

Lors du championnat, un match gagné donne 3 points à l'équipe victorieuse et 0 point à l'équipe perdante. Un match nul donne 1 point à chacune des deux équipes.
On regarde aussi le *goal-average* qui correspond à la différence de buts (c'est-à-dire le nombre de buts marqués moins le nombre de buts encaissés). En général, celui-ci est positif pour les meilleurs et négatif pour les derniers.

Une équipe totalise 9 points en 4 matchs.

1. Que peut-on en déduire des résultats de cette équipe ?

2. Son *goal-average* est de – 1 et elle a encaissé seulement 4 buts depuis le début du championnat. Pouvez-vous donner les scores de ses 4 matchs ?

Dossards mystérieux ★

Retrouvez deux mots de 6 lettres grâce aux lettres inscrites sur les dossards de ces douze joueurs. Chaque lettre peut être remplacée par celle qui la précède dans l'alphabet ou par sa suivante (par exemple, le E peut être remplacé par le D ou le F).

Le bon prix ★★★

Si je revends ma paire de chaussures de football avec un bénéfice de 15 %, je gagne 4 euros de plus que si je la revends avec un bénéfice de 5 %.

Quel est le prix auquel j'avais acheté ma paire de chaussures ?

Numéro signalétique ★★

Dans le nombre **219980121720** se sont intercalés de gauche à droite :
les chiffres de la date de naissance de Kylian Mbappé,
– son année de naissance (à quatre chiffres) ;
– le numéro du mois (à deux chiffres) ;
– le quantième du jour de 1 à 31 ;
et les quatre chiffres de l'année de sa première saison au PSG.

Retrouvez ces informations :
– la date de naissance de Kylian Mbappé : ...
– l'année de sa première saison au PSG : ....

Coup d'envoi ★

Au football, on donne le coup d'envoi au début de chaque mi-temps – il y en a deux par match – et après chaque but. On admet que, à chaque fois, les coups d'envoi sont réalisés conformément au règlement et qu'il n'est pas nécessaire que l'arbitre les fasse refaire...

Si l'on a donné trois coups d'envoi, quel a été le score final ?

Sacs de sport ★

Éliminez trois sacs de sport et, sans changer l'ordre des autres, **trouvez** un mot de cinq lettres en rapport avec le football. Vous le lirez dans le sens des aiguilles d'une montre.

Les portraits cachés ★★

Regardez attentivement les photographies de ces onze joueurs pendant 1 minute.

Cachez-les et **notez** sur une feuille tous les noms dont vous vous souvenez afin de reconstituer cette équipe de foot idéale.

Les meilleur(e)s ★★★

1. Quels joueurs ont été récompensés par un Ballon d'or trois années d'affilée ?

a. Michel Platini. **b.** Cristiano Ronaldo. **c.** Lionel Messi.

2. Qui a été désignée meilleure joueuse par la FIFA en 2020 ?

a. Samantha Kerr. **b.** Amandine Henry. **c.** Lucy Bronze.

3. Quel footballeur a gagné trois fois la Coupe du monde durant sa carrière ?

a. Diego Maradona. **b.** Pelé. **c.** Franz Beckenbauer.

4. Qui est la première gardienne de but à obtenir le titre de meilleure joueuse de la FIFA pour l'année 2013 ?

a. Hope Solo. **b.** Sarah Bouhaddi. **c.** Nadine Angerer.

5. Quel footballeur a remporté à la fois le Ballon d'or, la Ligue des champions et la Coupe intercontinentale avec au moins deux clubs différents ?

a. Cristiano Ronaldo. **b.** Lionel Messi. **c.** Zinédine Zidane.

6. Quelle joueuse américaine est devenue, en 2013, la meilleure buteuse de l'histoire des sélections nationales hommes et femmes confondus ?

a. Abby Wambach. **b.** Michelle Ackers. **c.** Mia Hamm.

Le dernier des onze ★

Vous devez trouver dix noms de footballeurs qui ont joué au PSG.

Complétez horizontalement la grille, grâce aux lettres suivantes :

A A A A A A A B B C D E E

I I L M M N P P R R S T U V

Les lettres restantes, remises dans l'ordre, révèleront le nom du onzième footballeur.
Quel est-il ?

V	E		R		T	T		■		O		T	A
	R	E	O	L		■	M			N	I		R
	E	Y		A	R	■	■		I		R	R	A
R	A		I	O	T	■	■	M		A			E
		V	A	N	I	■	D	I	M			I	A

Et la meilleure footballeuse de l'année est... ★★

Un concours est organisé pour désigner la meilleure jeune footballeuse de l'année.
Après de nombreuses éliminatoires régionales et des épreuves techniques, il reste quatre candidates dont les dossards ont pour numéros 297, 352, 513 et 863.
Les représentants des fédérations régionales essaient d'obtenir du président du jury le nom de la gagnante... Celui-ci, un ancien professeur de mathématiques, leur donne les indices suivants :
– le dossard de la meilleure footballeuse est plus petit que celui de la dernière et leur différence est divisible par 10 ;
– la somme des dossards des deux premières est divisible par 5 ;
– la somme des dossards des deux dernières est divisible par 10.

Retrouvez le classement final.

Date de naissance ★★★

Cette grille contient la date de naissance de l'attaquant Antoine Griezmann sous la forme de six chiffres (JJMMAA).
Pour vous aider à la trouver, des nombres rouges ont été placés au bout de chaque ligne. Ils indiquent, pour chaque ligne, le nombre de chiffres bien placés dans la solution à découvrir.

Quelle est la date de naissance d'Antoine Griezmann ?

0	3	1	1	8	4		0
3	4	1	9	7	5		0
1	8	1	6	8	7		0
2	9	0	9	0	6		2
1	1	2	3	6	7		2
2	0	3	8	9	8		2
2	2	2	1	1	1		2

Carton ! ★

Voici tous les cartons qui ont été distribués par l'arbitre lors d'un match très agité. Éliminez deux cartons jaunes et un rouge, et sans changer l'ordre des autres, **trouvez** un mot de cinq lettres en rapport avec l'arbitrage. Vous le lirez dans le sens des aiguilles d'une montre.

Le labyrinthe des cônes ★

Partez du cône jaune et retracez le chemin emprunté par la joueuse de foot avant sa passe décisive effectuée au cône rouge.
Elle peut se déplacer verticalement, horizontalement ou en diagonale.

Formez un mot désignant un poste dans une équipe.

Les mots cachés ★★

Pour former les quatre mots verticaux du tableau, il faut inscrire horizontalement les lettres figurant sur les ballons situés dans chacune des quatre parties du terrain.

En plaçant les lettres dans le bon ordre, vous trouverez des mots qui ont un rapport avec le football.

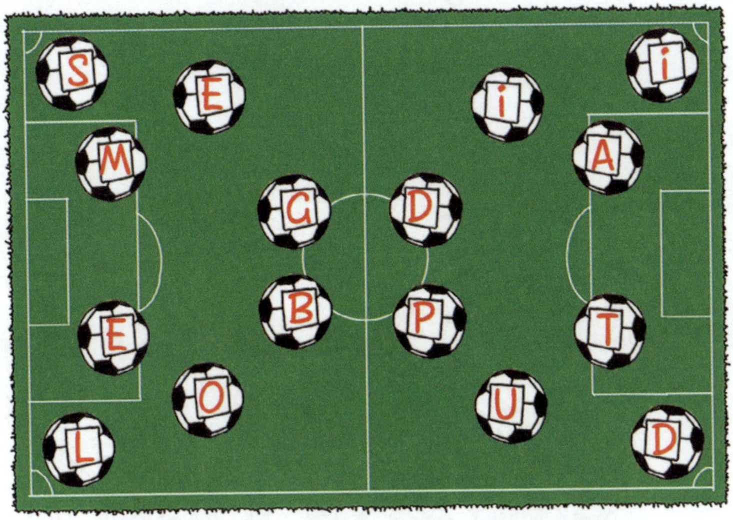

	Mot 1	Mot 2	Mot 3	Mot 4
Lettres du rond central	...	...	...	...
Lettres de la zone centrale	...	...	...	...
Lettres de la surface de réparation	...	...	...	...
Lettres des corners	...	...	...	...

L'élimination directe ★★

Lors d'un tournoi de foot par élimination directe, on compte 128 équipes au départ. À chaque match, l'équipe qui perd est éliminée définitivement. On ne fait pas jouer de match pour la troisième place.

Combien de matchs auront lieu, au total, avant que le gagnant de la coupe ne soit désigné ?

Rumeur footballistique ★★

« Neymar a décidé de changer de club ! » révèle un journaliste à 10 h 01, devant la machine à café d'un grand journal sportif. Deux autres journalistes, qui étaient à l'écoute, s'empressent chacun de le répéter à deux autres collègues dans la minute qui suit, et ainsi de suite…

À partir de quelle heure les 35 journalistes que compte la rédaction seront-ils informés de ce scoop ?

Grands stades ★

Voici sept stades de football.

1. Six stades sont ceux de prestigieux clubs du championnat de France. Attribuez à chaque photo sa ville et son club.

Liste des villes : Marseille – Lille – Paris – Monaco – Lyon – Bordeaux.

2. Le septième stade ne se trouve pas en France. Lequel est-ce ?

A

B

C

D

E

F

G

Équipe de France masculine ★★

1. Quelle nation l'équipe de France a-t-elle battue en demi-finale de la Coupe du monde de 1998 organisée en France ?

a. La Croatie.
b. Le Brésil.
c. La Slovénie.
d. L'Allemagne.
e. L'Italie.

2. Combien de buts Just Fontaine a-t-il marqués lors de la Coupe du monde de 1958 en Suède ?

a. 17. **b.** 4. **c.** 8. **d.** 13.

3. En 2018, qui sont les buteurs français lors de la finale de la Coupe du monde en Russie ?

a. Griezmann, Pogba et Mbappé.
b. Griezmann, Giroud et Mbappé.
c. Griezmann, Pogba et Umtiti.

4. Avant d'être sélectionneur de l'équipe de France, Didier Deschamps a aussi été international ; il a même, un temps, détenu le record de sélections avec :

a. 103 sélections. **b.** 142 sélections. **c.** 65 sélections.

5. En quelle année l'équipe de France est-elle devenue pour la première fois championne d'Europe ?

a. En 1980. **b.** En 1984. **c.** En 2000. **d.** En 1956.

6. Qui est le meilleur buteur de l'équipe de France ?

a. Michel Platini.
b. David Trezeguet.
c. Jean-Pierre Papin.
d. Thierry Henry.

Bien chaussés ! ★

Éliminez trois chaussures de foot et, sans modifier l'ordre des autres, **trouvez** un mot de cinq lettres en rapport avec le football.

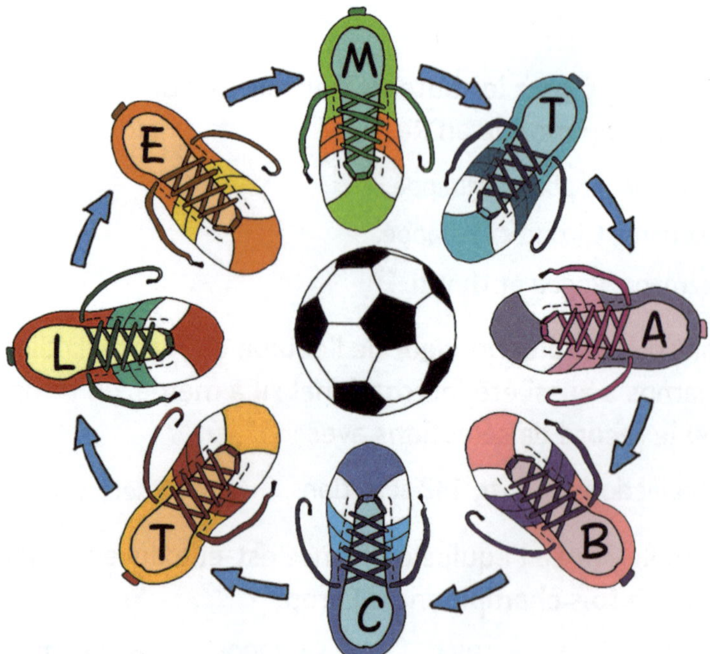

Transports de supporters ★★★

Pour le match de Footville contre Soccertown, les supporters de la première ville ont réservé des bus de même capacité.
Ces bus, pleins à craquer, ont permis de convoyer 600 personnes vers Soccertown.
Pour le match retour, les supporters de Soccertown sont venus avec trois bus de plus. Ces bus pouvaient transporter le même nombre de passagers que ceux de Footville. Ils étaient pleins et contenaient au total 825 personnes.

Lors de la première rencontre, **combien** de bus y avait-il pour aller de Footville à Soccertown ?

Pas d'excuse ! ★★

Quatre joueurs arrivent en retard à l'entraînement. Voici comment ils s'excusent auprès de leur coach :
– A : « J'ai vu que B est arrivé après D. »
– B : « Je suis quand même le deuxième après C ! »
– C : « Moi, je suis arrivé juste avant A. »
– D : « Vous savez que A et moi ne pouvons jamais arriver ensemble : l'un de nous est toujours premier et l'autre dernier ! »

Dans quel ordre se sont-ils présentés à l'entraînement sachant qu'il y a un menteur parmi eux ?

Dossards mystérieux ★

Retrouvez ces deux mots de 6 lettres grâce aux lettres inscrites sur les dossards de ces douze joueuses. Chaque lettre peut être remplacée par celle située deux rangs avant ou deux rangs après dans l'alphabet (par exemple, le E peut être remplacé par le C ou le G).

C'est cadeau ! ★★★

L'ancien avant-centre international libérien George Weah a fait une très belle carrière professionnelle puisqu'il a joué dans de grands clubs européens comme le Paris Saint-Germain ou l'AC Milan. Il a reçu d'innombrables récompenses sportives dont le Ballon d'or en 1995.
Il a conservé cinq ballons en souvenir de célèbres finales qu'il a jouées.
Il souhaite donner en cadeau un ballon à chacun des quatre jeunes footballeurs les plus prometteurs de son pays.

Combien de distributions différentes peut-il faire ?

Les hommes en forme ★★

Selon les mois, les footballeurs sont plus ou moins en forme.

En observant ce tableau, dites quels sont les mois durant lesquels le plus grand nombre de joueurs de l'équipe est au top de sa forme.

Hugo Lloris	septembre à mars
Benjamin Pavard	avril à juin
Raphaël Varane	octobre à mars
Paul Pogba	novembre à février
Karim Benzema	décembre à avril
N'Golo Kanté	octobre à avril
Antoine Griezmann	janvier à juin
Kingsley Coman	mars à juin
Kylian Mbappé	septembre à décembre
Lucas Hernandez	décembre à mai
Thomas Lemar	octobre à juin

On part en tournée ! ★★

La tournée du gagnant de la Ligue des Champions se déroule en Chine. Les joueurs doivent se rendre dans six villes chinoises pour y disputer des matchs de bienfaisance.
Hélas, un coup de vent fait s'envoler les étiquettes sur lesquelles sont inscrits les noms des villes que l'on nomme A, B, C, D, E, F. Heureusement, le schéma des déplacements était noté sur la carte, et des joueurs se souviennent de certains éléments du parcours. L'équipe parvient à restituer les indications suivantes :
– pour aller de C à E, on est passé par F ;
– pour aller de A à C, on est passé par B ;
– pour aller de A à E, on est passé par D.

Placez sur la carte, dans les cases grisées, les lettres correspondant aux six villes du parcours.

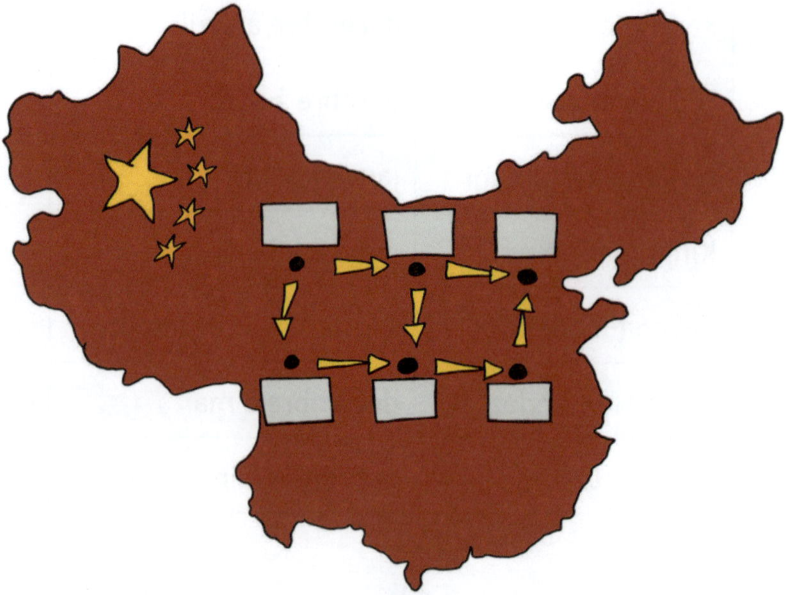

Rencontre au sommet ★★

On sait que, dans le championnat, un match gagné rapporte 3 points, un match nul 1 point et un match perdu 0 point.
Deux équipes, « Les Indomptables » et « Les Invincibles », sont proches au classement et, au moment de se rencontrer, chacune des deux équipes a déjà plusieurs points (au moins 2).
À l'issue du match, quel que soit le résultat, on pourra multiplier le nombre de points d'une équipe par un nombre entier pour obtenir le nombre de points de l'autre équipe.

Trouvez deux situations possibles avant le match.

Les portraits cachés ★★★

Regardez attentivement les photographies de ces onze joueuses pendant 1 minute.

Cachez-les et **notez** sur une feuille tous les noms dont vous vous souvenez afin de reconstituer cette équipe de foot idéale.

A

B

C

D

E

F

G

H

I

J

K

Règles du jeu ★★★

1. En France, quel est le nombre minimum de joueurs que doit compter une équipe pour commencer ou poursuivre une rencontre ?

a. 8 joueurs. **b.** 9 joueurs. **c.** 11 joueurs.

2. Toujours en France, quel est le nombre minimum de joueuses que doit compter une équipe pour commencer ou poursuivre une rencontre ?

a. 8 joueuses. **b.** 9 joueuses. **c.** 11 joueuses.

3. Un joueur (ou une joueuse) est-il (elle) autorisé(e) à porter des lunettes munies de sangles pendant un match ?

a. Oui. **b.** Non. **c.** C'est l'arbitre qui décide.

4. Pendant combien de temps, à partir du moment où il a contrôlé le ballon, le gardien de but est-il autorisé à le conserver en mains ?

a. 5 secondes. **b.** 6 secondes. **c.** 10 secondes.

5. Quelles conditions climatiques peuvent amener un arbitre à déclarer le terrain impraticable ?

a. S'il y a du vent.
b. Si le terrain est gelé.
c. S'il y a du brouillard.

On joue avec une boussole ! ★★

Dans la liste ci-dessous, les joueurs sont désignés par l'initiale de leur poste :
- gardiens = G ;
- défenseurs = D ;
- milieux = M ;
- attaquants = A.

Retrouvez la position d'un attaquant-mystère grâce aux indications géographiques suivantes :
- il est à l'est d'un autre attaquant ;
- il est à l'ouest d'un défenseur ;
- il est au nord-est d'un milieu.

Les poules du tournoi ★★

Dans cette poule qualificative, il y a 6 équipes, qui se rencontrent toutes 2 à 2.

Combien de matchs seront joués lors de ce tournoi ?

Il en manque cinq ! ★★

Notre club n'est pas très riche, et alors qu'avec nos remplaçants nous sommes beaucoup plus que 11, notre vestiaire n'a que 11 casiers identifiés par cinq étiquettes possibles : « arrières centraux », « arrières latéraux », « milieux », « gardiens », « avants ».
Les étiquettes identiques ne sont jamais voisines et des étiquettes différentes ne peuvent jamais être plus d'une fois voisines entre elles.

1. Complétez l'étiquetage des casiers.

2. Une seule étiquette apparaît trois fois, laquelle ?

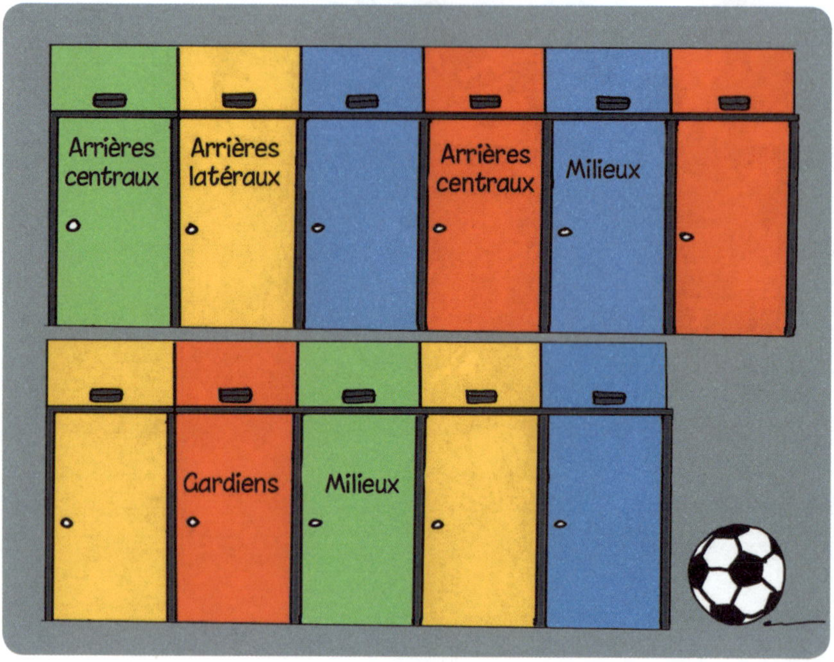

Sacs de sport ★

Éliminez trois sacs de football et, sans changer l'ordre des autres, **trouvez** un mot de cinq lettres désignant une partie de l'équipement d'un footballeur. Vous le lirez dans le sens des aiguilles d'une montre.

Le ballon ★★★

Un ballon de football est constitué de pentagones (5 côtés) et d'hexagones (6 côtés). Chaque pentagone est entouré de cinq hexagones. Chacun des vingt hexagones est entouré de trois hexagones et de trois pentagones.

Combien y a-t-il de pentagones sur le ballon ?

Ballon sauteur ★★

Un ballon doit circuler verticalement ou horizontalement en partant de la case 1 pour atteindre la 12, en passant par toutes les cases.
Il est possible de sauter une ou plusieurs cases, mais il faut toujours respecter la direction indiquée par la flèche.
On ne peut pas passer deux fois par une même case.

1. Numérotez les cases de 2 à 11 pour reconstituer le parcours.

2. Combien y a-t-il de parcours possibles ?

Champion ! ★★

Le nom d'un footballeur célèbre se cache dans cette grille, mais il y a des lettres en trop ! Le nombre inscrit dans chaque case donne le nombre de lettres utiles à conserver sur les sommets de cette case.

Barrez les lettres inutiles et vous trouverez le nom de ce champion.

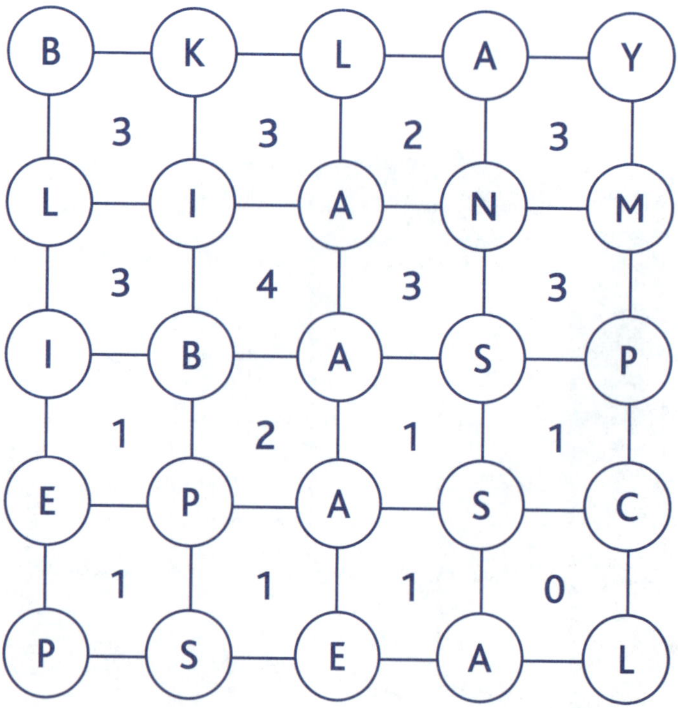

Le ballon de foot gonflable ★★★

Un ballon d'enfant en caoutchouc gonflable a la forme d'une sphère qui peut grossir.

Quand il est gonflé complètement, son diamètre est le double de celui d'un gonflage à moitié. Mais **combien de fois** le volume du ballon parfaitement gonflé fait le volume du ballon gonflé à la moitié de ses possibilités ?

Les jumeaux ★

Douze footballeurs apparaissent en double.
Qui est le treizième ?

Grands clubs ★★

1. Sepp Maier et Gerd Müller étaient deux joueurs emblématiques d'un grand club allemand. Lequel est-ce ?

a. Le Bayern Munich.
b. Le Borussia Dortmund.
c. Le Werder Brême.
d. Le Hambourg SV.
e. Le Borussia Mönchengladbach.

2. En quelle année le Paris Saint-Germain n'a-t-il pas été champion de France ?

a. 2013. b. 2021. c. 2018. d. 2015.

3. Laquelle de ces équipes françaises féminines a gagné le plus de trophées en Ligue des champions ?

a. Le Paris Saint-Germain.
b. Le FCF Juvisy.
c. L'Olympique lyonnais.
d. Le Stade de Reims.

4. Quel est le surnom donné à l'équipe du Liverpool FC ?

a. The Gunners.
b. The Reds.
c. The Magpies.
d. The Citizens.

5. Combien de fois le Real Madrid a-t-il remporté la Ligue des champions ?

a. Jamais. b. 4. c. 13. d. 8.

6. Dans quel championnat le PSV Eindhoven évolue-t-il ?

a. Le championnat belge.
b. Le championnat polonais.
c. Le championnat suédois.
d. Le championnat néerlandais.

Le nombre d'invités ★

Un entraîneur veut fêter la victoire de son équipe en invitant tout le staff et des supporters, soit bien plus de 1 000 personnes ! Il a griffonné rapidement plusieurs nombres qu'il avait en tête.

58273926

Pouvez-vous l'aider à se faire une idée du nombre de convives ? Donnez-lui une fourchette de ce nombre en lui indiquant :

– le plus petit nombre de 4 chiffres,

– et le plus grand nombre de 4 chiffres,

que l'on peut former à partir de 58273926, en respectant l'ordre de gauche à droite.

Embrouille sur la feuille de match ★★★

Lors des derniers matchs avant la finale régionale, un espion, envoyé par notre futur adversaire, nous a observés depuis les tribunes et a noté notre tactique habituelle. Sachant cela, nous avons décidé d'échanger les cinq maillots numérotés de nos attaquants de façon à ce qu'aucun d'eux cinq ne porte son numéro habituel.

Combien de possibilités différentes s'offrent-elles à nous ?

Date de naissance ★★★

Cette grille contient la date de naissance du milieu de terrain Adrien Rabiot sous la forme de six chiffres (JJMMAA).
Pour vous aider à la trouver, des nombres rouges ont été placés au bout de chaque ligne.
Ils indiquent, pour chaque ligne, le nombre de chiffres bien placés dans la solution à découvrir.

Quelle est la date de naissance d'Adrien Rabiot ?

0	3	1	1	8	4		2
1	1	2	3	8	7		0
2	0	3	8	9	8		1
2	2	1	1	7	1		0
1	1	2	4	6	5		2
1	3	2	3	9	8		2

Vive la coupe ! ★★

Retrouvez deux mots en lien avec cette compétition grâce aux lettres inscrites sur ces onze coupes. Chaque lettre peut être remplacée par celle située trois rangs avant ou trois rangs après dans l'alphabet (par exemple, le E peut être remplacé par le B ou le H).

Le fil de couture du ballon ★★★

Le ballon est constitué de morceaux de cuir cousus : 12 panneaux noirs en forme de pentagones réguliers (5 côtés) et 20 panneaux blancs en forme d'hexagones réguliers (6 côtés). Deux panneaux voisins possèdent un seul côté en commun le long duquel ils sont cousus.

1. Combien y a-t-il de sommets au total ?

2. Combien y a-t-il de coutures séparant deux panneaux si l'on considère que chaque côté d'un panneau est sur une couture différente ?

3. Enfin, si la longueur d'un côté est d'environ 3 cm, quelle est la longueur minimum de fil pour coudre tous les panneaux (sans compter les nœuds à faire) ?

Les dribbles d'une championne ★

Quand elle engage une série de dribbles, une footballeuse sait qu'il est important de garder un certain rythme.
Pour s'entraîner, une attaquante doit parcourir le terrain en suivant les cônes colorés selon un cycle invariable :

cône rouge, cône vert, cône orange, cône bleu et cône blanc.

Retrouvez le chemin qu'elle doit suivre (toujours horizontal ou vertical et sans saut de cône), de la flèche de départ à gauche vers la flèche d'arrivée à droite.

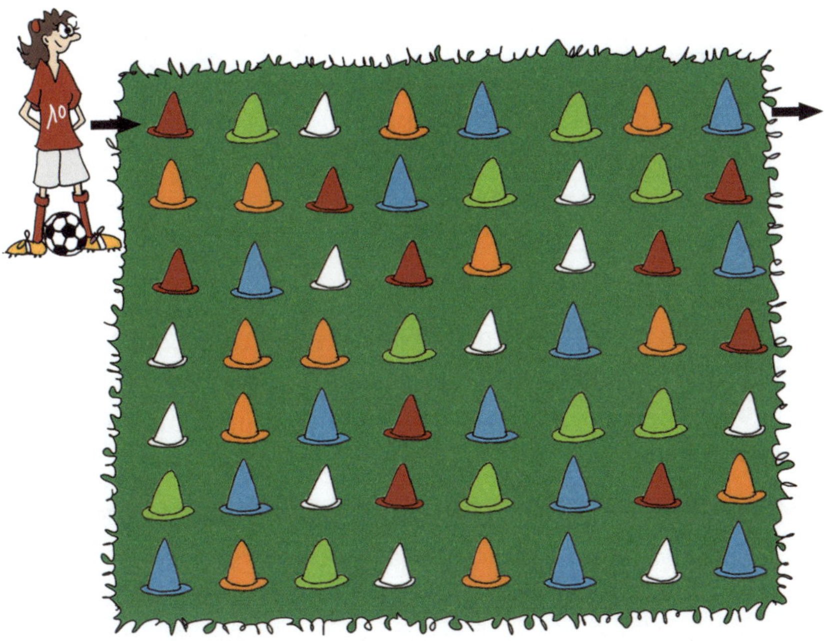

Phase de poules de la Ligue des champions (1) ★★★

Dans un groupe de quatre équipes, on qualifie les deux meilleures pour la suite de la compétition. Les matchs se déroulent sur six journées durant lesquelles les équipes s'affrontent deux à deux. Chaque équipe rencontre chaque autre équipe en deux matchs (un aller et un retour), ce qui fait douze matchs au total.
Les quatre équipes du groupe sont : la Juventus de Turin, Arsenal, FC Porto et Valence CF.
On rappelle qu'un match gagné rapporte 3 points, un match nul 1 point et qu'un match perdu ne donne aucun point.
Après cinq journées, le classement provisoire est le suivant :

Classement	Club	Points
1	Juventus	7
2	Arsenal	7
3	Valence CF	6
4	FC Porto	4

L'équipe de la Juventus est première suite aux confrontations directes avec Arsenal.
Les deux derniers matchs restant à jouer sont Juventus-Porto et Arsenal-Valence.

1. Quels sont les totaux de points possibles pour le premier du groupe ?

2. Porto peut-il devenir le premier du groupe ?

3. Quel résultat la Juventus doit-elle obtenir pour être qualifiée à coup sûr ? et Arsenal ?

Phase de poules de la ligue des champions (2) ★★★

Pour répondre aux questions suivantes, il faut se référer à la situation donnée dans l'énigme précédente.

1. Quels résultats conduisent à une égalité entre deux équipes pour la qualification ? et entre trois équipes ?

2. Il y a en principe 24 classements différents possibles entre les quatre équipes. Après les cinq journées déjà jouées, certains d'entre eux ne sont plus réalisables. **Combien** de classements différents sont encore possibles ?

Les mots cachés ★★

Pour former les quatre mots verticaux du tableau, il faut inscrire horizontalement les lettres figurant sur les cônes disposés le long de chacune des principales lignes du terrain : ligne de touche, ligne médiane, ligne de but et ligne de la surface de réparation.

En plaçant les lettres dans le bon ordre, vous trouverez quatre mots qui ont un rapport avec le football.

	Mot 1	Mot 2	Mot 3	Mot 4
Lettres de la ligne médiane	...	...	...	...
Lettres de la ligne de touche	...	...	...	...
Lettres de la ligne de but	...	...	...	...
Lettres de la ligne de la surface de réparation	...	...	...	...

Que de buts ! ★★

Dimanche, Tom et Léa ont assisté à un match et ont vu 4 buts dont 3 marqués dans la cage de droite. À la mi-temps, les équipes ont bien sûr changé de côté. Aucune équipe n'a marqué contre son camp ni en première ni en deuxième mi-temps.

1. Quels sont les scores possibles en fin de partie ?

2. Quels étaient les scores possibles à la mi-temps sachant qu'une des deux équipes avait marqué 3 buts ?

Hissez les drapeaux ! ★★

Voici les drapeaux de pays qui ont déjà participé à une Coupe du monde de football.

1. Quel drapeau a les trois caractéristiques suivantes ?
– il a au moins une étoile ;
– il admet exactement un axe de symétrie ;
(Attention, il faut respecter les couleurs !)
– il possède exactement deux couleurs.

2. Quels drapeaux ont les deux caractéristiques suivantes ?
– une couleur occupe au moins la moitié de leur surface (cela peut être en plusieurs morceaux) ;
– ils ont au moins quatre couleurs.

3. Quels drapeaux ont un centre de symétrie ?
(Attention, il faut respecter les couleurs !)

4. Sur quels drapeaux figurent au moins une forme circulaire et une forme polygonale ?

5. Quels drapeaux admettent deux axes de symétrie exactement ?
(Attention, il faut respecter les couleurs !)

Allemagne

Croatie

Nigeria

France

Iran

Maroc

Panama

Australie

Suède

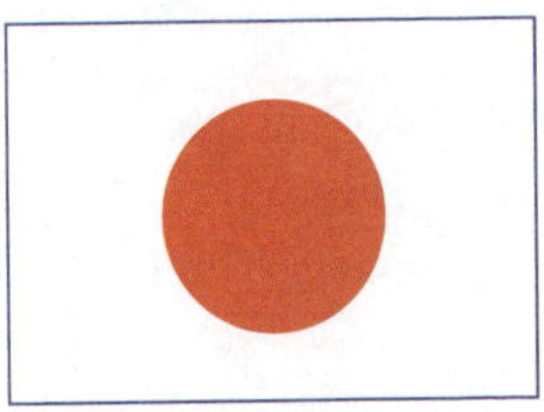

Japon

Argentine

Brésil

Sénégal

Angleterre

Suisse

Tunisie

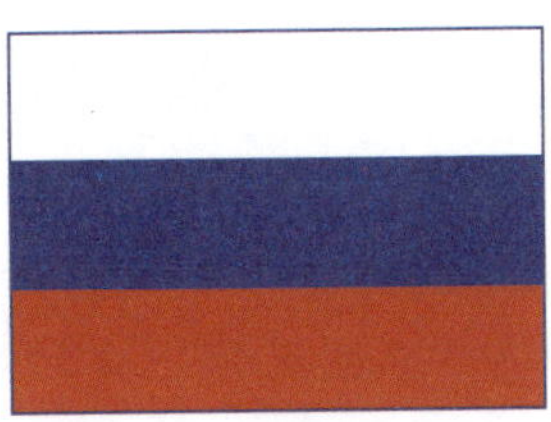

Russie

Corée du Sud

Carton ! ★

Voici tous les cartons qui ont été distribués par l'arbitre lors d'un match très agité. Éliminez un carton rouge et un jaune, et, sans changer l'ordre des autres, **trouvez** un mot de six lettres en rapport avec l'arbitrage. Vous le lirez dans le sens des aiguilles d'une montre.

page 5
Drôle d'entraîneur...

1.

5	6	7	8	9
3 + 2	3 + 3	5 + 2	7 + 1	8 + 1

2. On utilise le 8, le 7, le 5, les trois 3, les deux 2, les deux 1.
C'est le numéro 4 qui reste seul.

page 6
La circulation de la balle

page 7
Bien chaussés !

On trouve le mot « gants » en éliminant les lettres M, R et B.

page 8
L'âge du capitaine

Le total des 11 âges est 11 × 22 = 242.
Le total des 10 âges est 21 × 10 = 210.
Le capitaine blessé a :
242 – 210 = 32 ans.

page 9
Les chaussettes

C'est la chaussette identique à la L qui manque.

page 10
Schéma tactique

page 11
C'est peut-être le plus vieux...

La somme de la colonne de droite, qui est complète, est 146.
C'est donc un carré magique de somme 146 sur chaque ligne, chaque colonne, et sur les deux diagonales.
Il ne reste plus qu'à compléter le tableau, en testant les différentes possibilités.

	34	41	18	25	32	= 150
	40	22	24	31	33	= 150
	21	23	30	37	39	= 150
	27	29	36	38	20	= 150
	28	35	42	19	26	= 150
= 150	= 150	= 150	= 150	= 150	= 150	= 150

Le Havre Athletic Club avait **150 ans** en 2022 : il a donc a été créé en **1872**.
Remarque : on pouvait trouver la somme magique en additionnant tous les nombres du tableau (ceux placés et ceux qui étaient donnés comme restant à placer) et en divisant ce total par 5. On trouve 750 / 5 = 150. Le tableau se complète facilement ensuite.

page 12

Les jumelles

C'est Eugénie Le Sommer qui n'a pas son double.

Noms des joueuses (ordre de gauche à droite et de haut en bas, première apparition) : Alex Morgan ; Megan Rapinoe ; Christine Sinclair ; Jennifer Hermoso ; Sarah Bouhaddi ; Amel Majri ; Kadidiatou Diani ; Eugénie Le Sommer ; Lieke Martens ; Svenja Huth ; Crystal Dunn ; Vivianne Miedema.

page 13

Coupes du monde

1. **Réponses a et c.**

2. **Réponse b.** La première Coupe du monde féminine de football a eu lieu en 1991, en Chine.

3. **Réponse c.** Le Brésil a gagné en 1958, 1962, 1970, 1994 et 2002. L'Italie et l'Allemagne ont remporté chacune 4 victoires.

4. **Réponse b.** C'est le Japon qui a gagné contre les États-Unis en 2011.

5. **Réponse c.** Lors de la finale qui opposait le Brésil à la Suède en 1958, le Brésil a gagné 5 buts à 2.

6. **Réponse b.** En 1938 et 1998 pour la Coupe masculine et en 2019 pour la Coupe féminine.

page 14

Terrain en morceaux

page 15

Les poignées de main

On peut compter le nombre de poignées de main différentes entre les 16 joueurs ainsi : le premier serre 15 mains différentes ; le deuxième n'en serre que 14 différentes, car sa poignée de main avec le premier joueur est déjà comptée ; le troisième n'en serre que 13 différentes ; etc., jusqu'au quatorzième qui en serre 2 différentes, au quinzième qui n'en serre qu'une différente, et au seizième et dernier qui n'en serre aucune nouvelle car les poignées de main qu'il a échangées ont déjà été comptabilisées.

On peut remarquer que l'addition du numéro du joueur et de son nombre de poignées de main nouvelles à compter est toujours 16.

Le total des poignées de main est : 15 + 14 + 13 + 12 + 11 + ... + 2 + 1 = 120.

120 poignées de main sont échangées.

page 16

Goal-average

1. Cette équipe a gagné 3 matchs et perdu 1 match.

2. Pour que son *goal-average* soit – 1, alors qu'avec les 3 victoires elle est à + 3 au minimum, elle a dû perdre un match par 4 buts ou plus. Comme cette équipe n'a encaissé que 4 buts en tout, elle a nécessairement perdu 4 à 0 un match. Pour avoir – 1 de *goal-average* sans encaisser de nouveaux buts, elle a dû gagner ses 3 autres matchs sur le score de 1 à 0.

page 17

Dossards mystérieux

Le mot formé par les joueurs de l'équipe rouge est « **ballon** ».

Le mot formé par les joueurs de l'équipe bleue est « **ailier** ».

page 18

Le bon prix

Soit p le prix d'achat de la paire de chaussures ; revendre avec un bénéfice de 15 %, c'est multiplier le prix p par 1,15 (soit 100 % + 15 % = 115 %), donc vendre la paire au prix : $p \times 115$ %.
Quand on vend avec un bénéfice de 5 %, le prix est multiplié par 1,05 (car 100 % + 5 % = 105 % = 1,05), il devient donc : $p \times 105$ %.
Comme 115 % – 105 % = 10 %, la différence entre les deux façons de vendre, c'est 10 % de p.
L'énoncé se traduit par : cette différence représente 4 euros ; ainsi, comme 100 % c'est dix fois plus que 10 %, le prix d'achat était : 4 × 10 = 40 euros.
La paire de chaussures a donc été achetée 40 euros.

page 19

Numéro signalétique

Kylian Mbappé est né en 1998, le mois numéro 12 (décembre) et le quantième 20.
Il a commencé à jouer au PSG en 2017 : votre culture footballistique vous avait certainement soufflé cette réponse !

page 20

Coup d'envoi

Le score final est de 1 à 0 pour l'une ou l'autre équipe, soit deux coups d'envoi obligatoires, un par mi-temps, et le coup d'envoi lié à l'unique but marqué.

page 21

Sacs de sport

On trouve le mot « **avant** » en éliminant les lettres B, R et B.

page 22

Les portraits cachés

Voici le nom des joueurs :
A. N'Golo Kanté ; **B.** Harry Kane ; **C.** Lionel Messi ; **D.** Daniel Alves ; **E.** Édouard Mendy ; **F.** Kylian Mbappé ; **G.** Marcelo ; **H.** Luka Modric ; **I.** Kevin De Bruyne ; **J.** Raphaël Varane ; **K.** Cristiano Ronaldo.

Gardien de but : Édouard Mendy.

Défenseurs : Daniel Alves, Marcelo, Raphaël Varane.

Milieux de terrain : N'Golo Kanté, Kevin De Bruyne, Luka Modric.

Attaquants : Cristiano Ronaldo, Harry Kane, Lionel Messi, Kylian Mbappé.

page 23

Les meilleur(e)s

1. Réponses a et c. Michel Platini l'a reçu en 1983, 1984 et 1985 et Lionel Messi a même été récompensé 4 années de suite (de 2009 à 2012). Cristiano Ronaldo en a obtenu 5, mais jamais plus de 2 années de suite.

2. Réponse c.

3. Réponse b (en 1958, 1962 et 1970).

4. Réponse c. Nadine Angerer, la gardienne allemande, a été élue meilleure joueuse FIFA en 2013 pour avoir arrêté deux penalties en finale face à la Norvège lors du championnat d'Europe féminin qui se déroulait en Suède.

5. Réponse a (avec Manchester United et le Real Madrid).

6. Réponse a (avec 184 réalisations en 255 matches officiels).

page 24
Le dernier des onze

V	E	**R**	R	**A**	T	T	I		**M**	O	T	T	A
A	R	E	O	L	**A**		M	**E**	**U**	N	I	**E**	R
N	E	Y	**M**	A	R			**D**	I	**A**	R	R	A
R	A	**B**	I	O	T			M	**B**	A	**P**	**P**	E
C	**A**	V	A	N	I		D	I	M	**A**	**R**	I	A

Avec les lettres qui restent (AILSV), on trouve le nom du joueur **SILVA.**

page 25
Et la meilleure footballeuse de l'année est...

Les deux dossards dont les numéros ont le même chiffre des unités sont ceux dont la différence est divisible par 10. Le plus petit numéro est celui du premier : on a donc 513 qui est premier et 863 qui est dernier. Quand on ajoute 3 avec 2 ou avec 7, le total est divisible par 5 ; en revanche, quand on ajoute 3 avec 2 cela n'est pas divisible par 10 alors qu'en ajoutant 3 avec 7 cela l'est. Le dossard de l'avant-dernier finit donc par 7 et celui du deuxième finit par 2. Le classement est : 513, 352, 297, 863. La gagnante est la 513.

page 26
Date de naissance

0	3	1	1	8	4		**0**
3	4	1	9	7	5		**0**
1	8	1	6	8	7		**0**
2	9	0	9	0	6		**2**
1	1	2	3	6	7		**2**
2	0	3	8	9	8		**2**
2	2	2	1	1	1		**2**

Pour le quantième de 00 à 31, on élimine les chiffres des dizaines 0 ; 1 ; 3 grâce aux trois premières lignes, donc c'est un 2.
Pour le numéro du mois, il ne peut avoir un 1 en chiffre des dizaines (voir la première ligne), donc c'est un 0.
Pour le chiffre des dizaines de l'année, en connaissant Griezmann, il ne peut être ni trop jeune (né après 2000, ce qui élimine le 0), ni trop vieux (ce qui élimine 6, 7, 8) : c'est donc un 9.
Le numéro est donc de la forme 2_0_9_ ce qui est confirmé par

l'avant-dernière ligne, et il reste trois chiffres à trouver.
Dans la ligne 112367, il y a deux bons placements à trouver parmi les trois chiffres 1 ; 3 ; 7 ; mais le 7 est impossible à cause de la troisième ligne. On arrive donc à la forme 21039.
Et il reste à trouver le chiffre de droite, grâce à la dernière ligne, où ce sont les chiffres extrêmes qui sont les deux bons.
Antoine Griezmann est né le 21 mars 1991, donc la solution est **210391**.

page 27

Carton !

On trouve le mot « **faute** » en éliminant les lettres N, S et R.

page 28

Le labyrinthe des cônes

Le mot à trouver est « **défenseur** ».

page 29

Les mots cachés

	Mot 1	Mot 2	Mot 3	Mot 4
Lettres du rond central	G	D	B	P
Lettres de la zone centrale	O	E	U	I
Lettres de la surface de réparation	A	M	T	E
Lettres des corners	L	I	S	D

page 30

L'élimination directe

On commence en 64e, puis on fait les 32e ; les 16e ; les 8e ; les quarts ; les demi-finales ; puis la finale.
Donc : 64 + 32 + 16 + 8 + 4 + 2 + 1 = 127 matchs.
Il faut donc jouer **127 matchs**.

page 31

Rumeur footballistique

À chaque minute, le nombre de nouveaux journalistes informés doit être égal à une puissance de 2 : 1, 2, 4, 8, 16, 32... Comme 1 + 2 + 4 + 8 + 16 = 31, les 4 derniers prévenus sur 35 font partie des 32 devant être informés à **10 h 06**.

page 32

Grands stades

1. A. Stade de Lille (situé à Villeneuve-d'Ascq), stade Pierre-Mauroy, club du LOSC (Lille Olympique Sporting Club) ; C. Stade de Monaco, stade Louis-II, club de l'AS Monaco (Association sportive de Monaco) ; D. Stade de Bordeaux, club des Girondins de Bordeaux ; E. Stade de Marseille, stade Vélodrome, club de l'OM (Olympique de Marseille) ; F. Stade de Lyon (situé à Décines-Charpieu), club de l'OL (Olympique Lyonnais) ; G. Stade de Paris, Parc des Princes, club du PSG (Paris Saint-Germain).

2. Celui qui ne se trouve pas en France est le **B.** Il s'agit du stade de Munich, en Allemagne, du club FC Bayern Munich (Fußball-Club Bayern München).

page 33

Équipe de France masculine

1. Réponse a. La France a battu la Croatie par 2 buts à 1.

2. Réponse d. Just Fontaine a marqué 13 buts, ce qui constitue un record pour une seule compétition.

3. Réponse a. Griezmann, Pogba et Mbappé ont chacun marqué un but.

4. Réponse a. 142 est le nombre de sélections du détenteur actuel de record de sélections en équipe de France : Lilian Thuram.

5. Réponse b. La France n'était pas qualifiée pour le Championnat d'Europe de 1980. En 2000, l'équipe de France a remporté son deuxième titre. Le Championnat d'Europe n'existait pas en 1956, puisqu'il a été créé en 1960.

6. Réponse d. Thierry Henry a marqué 51 buts en équipe de France, Michel Platini 41, David Trezeguet 34 et Jean-Pierre Papin 30.

page 34

Bien chaussés !

On trouve le mot « **tacle** » en éliminant les lettres M, B et T.

page 35

Transports de supporters

La différence entre les deux voyages est 825 – 600 = 225 ; cela correspond au nombre de supporters transportés par les 3 bus supplémentaires lors du match retour.

225 ÷ 3 = 75 : c'est la capacité d'un bus.

600 ÷ 75 = 8 : c'est le nombre de bus affrétés pour le match aller.

Lors de la première rencontre, il y avait **8 bus** pour aller de Footville à Soccertown.

page 36

Pas d'excuse !

Si D dit vrai, alors B ne peut être le deuxième après C, car il est deuxième après A ou après D.

Si B dit vrai, c'est C le premier, donc D ment quand il dit que c'est A ou D le premier.

Les affirmations de B et D sont incompatibles : l'un est le menteur.

Si B dit vrai, alors C est le premier, mais alors A est un deuxième menteur quand il dit que B est arrivé après D.

Comme il n'y a qu'un seul menteur, c'est B.

Pour trouver l'ordre d'arrivée, il faut choisir entre un classement A-D et un classement D-A.

Comme A ne ment pas, pour que B arrive après D, il ne faut pas que D soit le dernier.

On aboutit à l'ordre **DBCA**.

page 37

Dossards mystérieux

Le mot formé par les joueuses de l'équipe rouge est « **milieu** ».

Le mot formé par les joueuses de l'équipe bleue est « **corner** ».

page 38

C'est cadeau !

Il y a 5 ballons pour 4 jeunes, et chacun n'en aura qu'un, donc un ballon ne sera pas donné.

Pour le premier jeune, il y a 5 choix

de ballon. Pour le deuxième, il n'y en a plus que 4 parmi les 4 ballons qui restent. Pour le troisième, il n'y a plus que 3 choix et, pour le quatrième jeune, il ne reste que 2 choix.
Le nombre de distributions possibles s'obtient en multipliant les nombres de choix pour chacun (on peut penser à dessiner un arbre qui, selon les niveaux, a 5 branches se divisant en 4, puis chacune des 4 branches se divisant en 3, et enfin chacune des 3 se divisant en 2 ; on compte enfin les chemins sur l'arbre).
On conclut qu'il y a :
5 × 4 × 3 × 2 = **120 possibilités.**

page 39
Les hommes en forme

Il y a 3 mois : **janvier, février et mars** durant lesquels 8 joueurs sur 11 sont en forme.

page 40
On part en tournée !

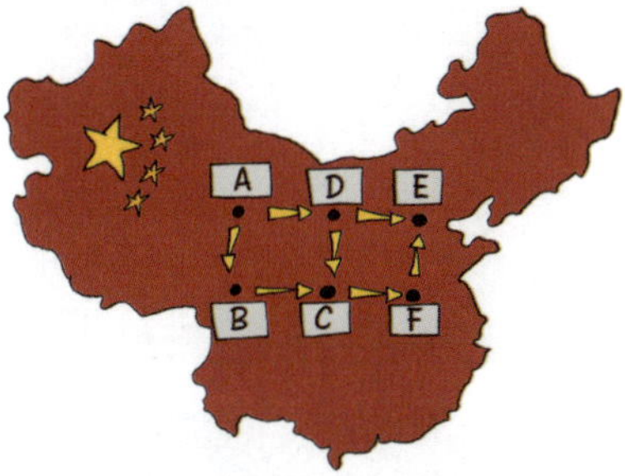

Le texte de l'énigme indiquait qu'on pouvait aller de A vers B puis C, et de C vers F puis E ; et, d'un autre côté, aller de A vers D pour retrouver E.
On comprend donc que A devait donc pouvoir être reliée à toutes les autres cases (les 5 autres) ; d'où : la seule position possible de A est en 1.
Le reste s'obtient facilement.

page 41
Rencontre au sommet

Voici deux situations possibles pour les équipes A « Les Indomptables » et B « Les Invincibles » :
Première situation : A = 3 et B = 3
– si A gagne :
A = 6, B = 3 et 6 = 3 × 2 ;
– si match nul :
A = 4, B = 4 et 4 = 4 × 1 ;
– si A perd : A = 3, B = 6 et 6 = 3 × 2.

Seconde situation : A = 2 et B = 5
– si A gagne :
A = 5, B = 5 et 5 = 5 × 1 ;
– si match nul :
A = 3, B = 6 et 6 = 3 × 2 ;
– si A perd : A = 2, B = 8 et 8 = 2 × 4.

page 42
Les portraits cachés

Noms des joueuses :
A. Marta ; **B.** Perle Morroni ; **C.** Lindsey Horan ; **D.** Lucy Bronze ; **E.** Saki Kumagai ; **F.** Pernille Harder ; **G.** Ada Hegerberg ; **H.** Wendie Renard ; **I.** Amandine Henry ; **J.** Alyssa Noeher ; **K.** Dzsenifer Marozsan.

Gardienne de but : Alyssa Noeher.

Défenseuses : Perle Morroni, Lucy Bronze, Saki Kumagai, Wendie Renard.

Milieux de terrain : Lindsey Horan, Amandine Henry, Dzsenifer Marozsan.

Attaquantes : Marta, Pernille Harder, Ada Hegerberg.

page 43
Règles du jeu

1. Réponse a. 8 joueurs dont un gardien de but (loi 3).

2. Réponse b. 9 joueuses (loi 3).

3. Réponses a et c. Oui, depuis quelques années, il est possible de porter des lunettes sur un terrain de football mais c'est l'arbitre qui doit évaluer si cela est sans danger (loi 4).

4. **Réponse b.** Depuis 1998, le gardien doit lâcher le ballon au bout de 6 secondes, qu'il le fasse rebondir ou non (loi 12).

5. **Réponses b et c.**

page 44

On joue avec une boussole !

page 45

Les poules du tournoi

Une première équipe rencontre 5 autres équipes. Une deuxième a déjà rencontré la première : elle doit donc en rencontrer 4 autres, et ainsi de suite : la troisième équipe en rencontre 3 autres, la quatrième en rencontre 2 autres, la cinquième en rencontre une dernière, la sixième a déjà rencontré toutes les autres.
Total : 5 + 4 + 3 + 2 + 1 = 15 matchs.

page 46

Il en manque cinq !

1.

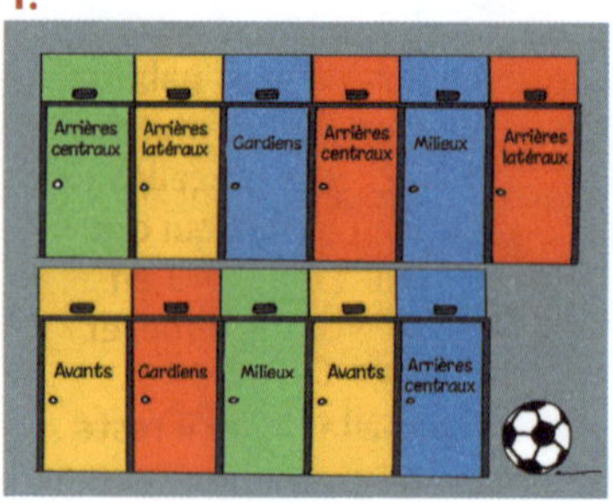

2. C'est l'étiquette « arrières centraux » qui est utilisée 3 fois.

page 47

Sacs de sport

On trouve le mot « short » en éliminant les lettres I, M et A.

page 48

Le ballon

Chaque hexagone a 3 côtés qui touchent des pentagones et 3 autres côtés qui touchent d'autres hexagones. Ainsi, avec 20 hexagones, il y a 20 × 3 = 60 contacts entre hexagones et pentagones.
Un pentagone ayant 5 côtés, le nombre de pentagones est donc 60 ÷ 5 = 12.
Il y a 12 pentagones sur un ballon de foot.

page 49

Ballon sauteur

1.

2. Il y a **2 parcours possibles.**

page 50

Champion !

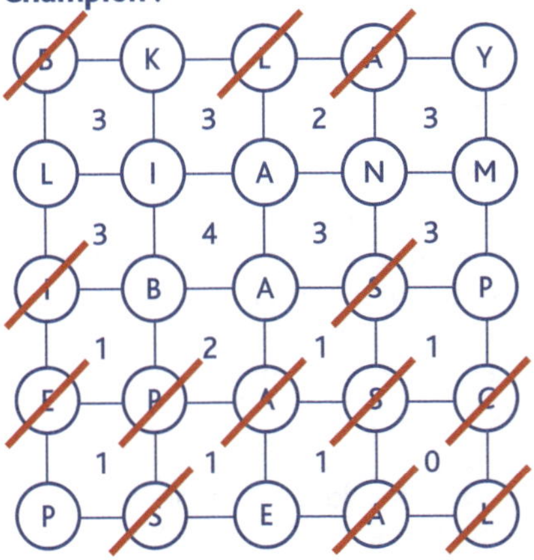

Le nom du champion à trouver est « **Kylian Mbappé** ».

page 51

Le ballon de foot gonflable

Dans le calcul du volume d'une sphère, on tient 3 fois compte du rayon. Si le rayon double, alors le volume est multiplié par $2 \times 2 \times 2 = 8$.

Le volume du ballon parfaitement gonflé fait 8 fois le volume du ballon gonflé à moitié.

page 52

Les jumeaux

C'est Harry Kane qui n'a pas son double.

Noms des joueurs (ordre de gauche à droite et de haut en bas, première apparition) : Paul Pogba, Edinson Cavani, Antoine Griezmann, Harry Kane, Sergio Ramos, Lionel Messi, Eden Hazard, Hugo Lloris, Neymar, Cristiano Ronaldo, Karim Benzema, Mohamed Salah, Romelu Lukaku.

page 53

Grands clubs

1. Réponse a.

2. Réponse b. En 2021, c'est le Lille Olympique Sporting Club (LOSC) qui a remporté le titre de champion de France.

3. Réponse c.

4. Réponse b. Le surnom the Gunners désigne l'équipe d'Arsenal, the Magpies celle de Newcastle United et the Citizens celle de Manchester City.

5. Réponse c. Le Real Madrid détient le record du nombre de titres remportés.

6. Réponse d.

page 54

Le nombre d'invités

Le nombre minimum d'invités est **2 326** et le nombre maximum **8 796**.

page 55

Embrouille sur la feuille de match

On peut mettre 5 numéros différents à un premier joueur, mais ensuite seulement 4 au deuxième, 3 au troisième, 2 au quatrième et 1 au cinquième.

Il y a $5 \times 4 \times 3 \times 2 \times 1 = 120$ façons différentes d'attribuer les 5 numéros à l'ensemble des 5 joueurs. Ce serait fastidieux d'en écrire la liste.

Ensuite, si l'on empêche chaque joueur d'avoir son numéro habituel, on barre parmi les 120 permutations possibles de 1 ; 2 ; 3 ; 4 ; 5 celles qui commencent par 1, celles qui ont 2 en deuxième, celles qui ont 3 en troisième, puis 4 en quatrième, et enfin 5 en dernier.

On peut trouver à la fin qu'il reste 44 permutations possibles.

Par exemple, avec le 2 en position n° 1, on trouve : 21453 ; 21534 ; 23154 ; 23451 ; 23514 ; 24153 ; 24513, 24531 ; 25134 ; 25413 ; 25431 ; soit 11 combinaisons. Avec le 3 ou le 4 ou le 5 en position n° 1, ce serait pareil (11 cas à chaque fois), d'où 11 × 4 = 44 possibilités.

page 56
Date de naissance

0	3	1	1	8	4		2
1	1	2	3	8	7		0
2	0	3	8	9	8		1
2	2	1	1	7	1		0
1	1	2	4	6	5		2
1	3	2	3	9	8		2

Les deuxième et quatrième lignes indiquent que le chiffre de gauche ne peut être que 0, et que le chiffre des dizaines de l'année ne peut pas être 8 ou 7. Comme ce dernier ne peut être un 6 (le joueur serait trop vieux) ou un 0 (il serait trop jeune), on lui réserve donc un 9.
La ligne 4 empêche le chiffre des dizaines du mois d'être un 1, donc c'est un 0.
On trouve donc une forme 0_0_9_
Sur la cinquième ligne, il y a deux bons chiffres parmi 1 ; 4 ; 5 ; mais le 1 en deuxième position à gauche est rejeté par la deuxième ligne ; on trouve donc les bons chiffres 4 et 5 et la forme 0_0495_ ; puis, en revenant à la première ligne, on trouve le 3 qui manque pour conclure 030495.
Adrien Rabiot est né le 3 avril 1995, donc la solution est **030495**.

page 57
Vive la coupe !

Le mot de 5 lettres à trouver est « **coupe** ». Le mot de 6 lettres à trouver est « **étoile** ».

page 58
Le fil de couture du ballon

Le nombre de côtés des hexagones est 20 × 6 = 120. Le nombre de côtés des pentagones est 12 × 5 = 60.
La somme de ces deux nombres est 120 + 60 = 180.

1. Chaque sommet est associé à 3 coutures, donc le nombre de sommets est 180 ÷ 3 = 60.

2. Chaque côté relie 2 panneaux dont le nombre de coutures est 180 ÷ 2 = 90.

3. La longueur minimum du fil est 90 × 3 = 270 cm, soit 2,7 m.

page 59
Les dribbles d'une championne

page 60
Phase de poules de la ligue des champions (1)

1. Le premier peut avoir 7 + 3 = 10 points (si la Juventus ou Arsenal gagnent) ; ou 9 points pour Valence si elle l'emporte et si, en même temps, Porto bat la Juventus ou fait match nul ; ou 8 points si Juventus- Porto et Arsenal-Valence se soldent par des matchs nuls !

2. Porto ne peut pas être premier, même en battant la Juventus, car, dans le match Arsenal-Valence, si l'un gagne il passe devant Porto, et s'il y a match nul, Arsenal aura 8 points alors que Porto n'en aura que 7.

3. Si la Juventus fait match nul elle aura 8 points. S'il y a un vainqueur entre Arsenal et Valence, le gagnant passera devant la Juventus, mais elle sera deuxième.
S'il y a nul entre Arsenal et Valence, alors Arsenal et la Juventus seront qualifiées avec 8 points chacune.
Dans tous les cas, un nul qualifie la Juventus.
Pour Arsenal, c'est la même chose : un nul suffit à devancer à la fois son concurrent direct qu'est Valence et Porto. Avec une défaite, l'équipe d'Arsenal serait devancée par son adversaire du jour et par la Juventus (déjà devant au classement pour une raison non mentionnée de *goal-average* particulier ou de score dans leurs deux affrontements directs).

page 61

Phase de poules de la ligue des champions (2)

1. • Il peut y avoir égalité de points pour la 1re place entre la Juventus et Arsenal si les deux clubs font chacun un match nul (8) ou gagnent tous les deux (10).
• Il peut y avoir égalité de points (7) pour la 2e place entre la Juventus et Porto, si Porto bat la Juventus pendant qu'Arsenal bat Valence.
• Il peut y avoir égalité entre 3 équipes : la Juventus, Arsenal et Porto, à 7 points, si la Juventus perd contre Porto, et si Valence bat Arsenal. C'est Valence qui serait seule première alors avec 9 points.
• Il peut y avoir égalité entre 3 équipes : la Juventus, Valence et Porto, à 7 points, si la Juventus perd contre Porto, et si Arsenal et Valence font un nul. C'est Arsenal qui serait alors seule première avec 8 points.

2. Voici les résultats possibles. Cela représente 14 classements différents possibles : AJVP ; AJPV ; AVJP ; AVPJ ; APJV ; APVJ, VJAP ; VJPA ; VAJP ; VAPJ ; VPJA ; VPAJ ; JAVP ; JVAP.

Juventus	Arsenal	Valence	Porto	Classement
10	10	6	4	JAVP ou AJVP
10	8	7	4	JAVP
10	7	9	4	JVAP
8	10	6	5	AJVP
8	8	7	5	JAVP ou AJVP
8	7	9	5	VJAP
7	10	6	7	AJPV ou APJV
7	8	7	7	AJVP ou AJPV ou AVJP ou AVPJ ou APJV ou APVJ
7	7	9	7	VJAP ou VJPA ou VAJP ou VAPJ ou VPJA ou VPAJ

page 62

Les mots cachés

	Mot 1	Mot 2	Mot 3	Mot 4
Lettres de la ligne médiane	M	F	C	T
Lettres de la ligne de touche	A	O	O	E
Lettres de la ligne de but	I	O	T	T
Lettres de la ligne de la surface de réparation	N	T	E	E

page 63

Que de buts !

Il y a eu 4 buts au total.

1. Les 5 scores possibles à la fin du match sont : (4–0) ; (0–4) ; (3–1) ; (1–3) ; (2–2).

2. Les scores possibles à la mi-temps sont : (3–0) ; (0–3) ; (3–1) ; (1–3).

pages 64-65

Hissez les drapeaux !

1. Le drapeau de la Tunisie.

2. Les drapeaux de l'Argentine, du Brésil et de la Corée du Sud.

3. Les drapeaux du Nigeria, du Japon, de l'Angleterre et de la Suisse.

4. Les drapeaux du Brésil, de la Tunisie et de la Corée du Sud.

5. Les drapeaux du Nigeria, de l'Angleterre et de la Suisse. Le drapeau du Japon ne convient pas car il a une infinité d'axes de symétrie.

page 66

Carton !

On trouve le mot « touche » en éliminant les lettres H et R.

Notes

Crédits photographiques

Bandeaux : © Shutterstock. **pp. 3 et 5** : Atlaspix ; **pp. 3 et 6** : Matimix ; **pp. 4 et 7** : sondem ; **pp. 4 et 8** : pio3 ; **pp. 4 et 9** : Marco Iacobucci EPP ; **p. 10** : Monkey business images ; **p. 11** : David Acosta Allely.

p. 12 : © Shutterstock sauf mention contraire. *De haut en bas et de gauche à droite (première apparition)* : Jose Breton – Pics Action ; Jose Breton – Pics Action ; Keeton Gale ; Christian Bertrand ; Oleksandr Osipov ; Oleksandr Osipov ; © Robin Alam/Icon Sportswire via Getty Images ; Oleksandr Osipov (repris dans les solutions **p. 68**) ; Christian Bertrand ; Rene Teichmann ; *portrait de Crystal Dunn* : Jose Breton – Pics Action ; Jose Breton – Pics Action ; *portrait de Becky Sauerbrunn* : Jose Breton – Pics Action.

p. 22 : © Shutterstock. *De haut en bas et de gauche à droite* : Marco Iacobucci EPP ; Marco Iacobucci EPP ; Alizada Studios ; CP DC Press ; ph. FAB ; Vlad1988 ; Marco Iacobucci EPP ; Ivica Drusany ; Dokshin Vlad ; Oleksandr Osipov ; kivnl.

p. 32 : © Shutterstock. *De haut en bas et de gauche à droite* : IDN ; varandah ; Sibuet Benjamin ; muewanchisa ; olrat ; ricochet64 ; b-hide the scene.

p. 42 : © Shutterstock. *De haut en bas et de gauche à droite* : Antonio Scorza ; **Christian Bertrand** ; Keeton Gale ; Oleh Dubyna ; Oleksandr Osipov ; Oleksandr Osipov ; Oleksandr Osipov ; Oleksandr Osipov ; Oleksandr Osipov ; Jose Breton-Pics Action ; Oleksandr Osipov.

p. 52 : © Shutterstock sauf mention contraire. *De haut en bas et de gauche à droite (première apparition)* : Vlad1988 ; Stefan Ugljevarevic ; Marco Iacobucci EPP ; CosminIftode (repris dans les solutions **p. 75**) ; Marco Iacobucci EPP ; Marco Iacobucci EPP ; Marco Iacobucci EPP ; © Jean Catuffe/Getty Images ; Thiago Dias Rodrigues ; kivnl ; ph. FAB ; *portrait de Mohamed Salah* : Alizada Studios ; Fabrizio Andrea Bertani.

Drapeaux, p. 64 : © Shutterstock. *De gauche à droite* : Paul Stringer ; Armita ; Loveshop. **p. 65** : © Shutterstock. *De haut en bas et de gauche à droite* : Prawit Siriwong ; dovla982 ; Lana2016 ; Namig Rustamov ; TotemArt ; kurt ; Globe Turner ; Julinzy ; grmarc ; warunee singlee ; Color_dreams ; RUWAIDA ASAE ; bekulnis ; mutee meesa ; Zoart Studio.